スナーク狩り

ルイス・キャロル 作
トーベ・ヤンソン 絵
穂村弘 訳

目次

第1の歌

Tove

上陸

「スナークのいそうな場所だ！」
　　船長のベルマンはそう叫びつつ
一人一人の髪の毛に指を絡《から》めてそろそろと陸へと運ぶ
　　押し寄せる波のうねりに攫《さら》われぬよう

「スナークのいそうな場所だ！
　　もう一度繰り返したぞ　俺たちの胸に勇気を
スナークのいそうな場所だ！
　　もう一度繰り返したぞ　同じことを三度云《い》ったら現実になる」

選《え》り抜きの乗組員の面々は　まず靴磨き
　　その次に帽子屋
さらに紛争を処理するための弁護士と
　　財産査定のためのブローカー

ビリヤード・マーカーもいる
　　凄腕《すごうで》の彼は仲間の分け前をちょろまかさんとの腹づもり
ところがどっこい
　　大金で雇われていた銀行家が現金がっちり管理していた

甲板をちょこちょこ歩く愛らしいビーバーもいて
　　レース編み上手なそれが（ベルマンによれば）
幾度も難破する危機から船を救ったという話だが
　　どうやって救ったのかは誰も知らない

出航の時に忘れた品々で
　　その名を馳《は》せた者もいる
数え上げれば　雨傘に時計に指輪に宝石に
　　航海用に誂《あつら》えた衣類そっくり　着てるの以外

四十と二つの箱を丁寧に荷造り終えて
　　その一つ一つに名前を書いたのに
うっかりそれを云い忘れ
　　全て波止場に積み残された

着るものを失ったのは大事ない
　　船に乗る際七着の上着を着込んでいたうえに
靴も三足履いていた……だけど最悪だったのは
　　自分の名前を忘れたことだ

名無しくんはどんな名前で呼ばれても
　　すぐに返事をしたものだ
「へめへめくつじ」「ヘマムシヨ」
　　「へのへのもへじ」なら文句無し

名無しくんのあだ名の中にはもっともっと
　　おかしなものがありまして
友は「つるにはまるまるむし」
　　敵は「しにしにしにん」と呼んだ

「名無し奴《め》は　不格好だし　智恵もない
　　（ベルマンはよくそう云った）
だけど勇気はりんりんだ　とどのつまりはそれこそが
　　スナーク狩りに必要なんだ」

名無しくんは首をふりふりハイエナと
　　見つめあったりじゃれあったり
熊と一緒に腕組んで散歩の挙《あ》げ句《く》に云うことにゃ
　　「しょげていたからなぐさめたのさ」

パン屋として乗り込んだけど　云いだすの遅すぎたけど
　　ベルマンの怒髪《どはつ》が天を衝《つ》いたけど
つくれるものはウェディングケーキだけです
　　そんなもの　材料なんてあるはずもない

乗組員の最後の一人は絶対に忘れちゃならない
　　底抜けの阿呆《あほ》に見えるが
念頭の思いは一つ　それこそが「スナーク」
　　すぐにベルマンは彼を採用したのであった

その男は肉屋だったが

　　船出して一週間目に厳《おごそ》かに云いだしたのはなんとなんと

殺せるものはビーバーだけ　そう聞かされてベルマンは

　　言葉無くして立ち尽くすのみ

ようやくに気を取り直したベルマンはふるえる声で

　　この船にいるビーバーは一匹だ

よく馴れていておとなしい

　　奴が死んだらどんなにか悲しいじゃろう　おろーんおろーん

やりとりが耳に入ったビーバーは涙浮かべて訴えた

　　スナーク狩りがどれほどに素晴らしくても

そんな目に遭《あ》わされたんじゃ

　　とてもとても割に合わない　おろーんおろーん

肉屋だけ別の船へと乗せ替えていただきたい

　　とビーバーは主張したけど

ベルマンはきっぱり云った　それはできん

　　旅の段取りが狂ってしまう

率《ひき》いるのが一艘《いっそう》の船　鳴らすのが一個のベルであろうとも

　　航海は厳しいものだ

やり直すなどとんでもない

　　まっぴらごめんこうむる所存

ビーバーの命を守る最善の策は

　　刃物を通さない上着を入手すること

とパン屋は云った

　　そのうえで生命保険を掛けるのがいい

銀行家も口を挟んだ

　　お手頃な値段でお貸しいたします　なんならお譲りしてもよい

取りいだしたる優良な保険の二つ

　　そのうちの一つは火災　一つは雹《ひょう》害

悲しみのかの日このかた

　　傍《かたわ》らに肉屋が来ると

ビーバーはぷいとそっぽを向いたまま

　　ただ何故かしらそわそわと恥ずかしそうな素振りを見せた

第2の歌

Tove Jansson

ベルマンの演説

一同はベルマンを誉めて誉めまくる
　　たぐい稀《まれ》なるあの威厳　気品　優雅さ
そしてまた叡智《えいち》の深さは
　　一目瞭然《りょうぜん》

ベルマンが買った海図にゃ海ばかり
　　かけらも陸地は載ってない
乗組員はご満悦
　　俺たちみんなにわかる海図だ

「メルカトルの北極　赤道　回帰線　熱帯　寒帯　子午線が
　　いったいなんの役に立つ？」
そうベルマンが叫んだら
　　声を揃えて一同が「立たない立たないなんの役にも！

「へっぽこな海図の中にはへんてこな島や岬が描いてある
　　でもありがたや
我々の尊敬すべき船長の海図はなんて素晴らしい
　　すみからすみまでまっしろしろだ！」

素晴らしい海図だったがそのうちにみんなは気づく

　　大いなる海を渡ってゆくために

我等の偉大な船長は一つ覚えの繰り返し

　　カンカンカンカンベル鳴らすだけ

船長の下す指令は思慮深く真面目だったが

　　部下たちのあたまをこんがらからせた

「面舵《おもかじ》いっぱいとりながら取舵《とりかじ》いっぱい！」

　　そんなこと云《い》われた舵手《だしゅ》はどうすればいい？

そのうちに舳先《へさき》と舵がごちゃごちゃになったけれども

　　船長によれば

熱帯海域でしばしば起きることらしい

　　船が「スナークされた」んだって

それよりもいちばん大きな問題は

　　帆走法のことだった

途方に暮れたベルマンは呟《つぶや》いていた

　　東から風が吹く時西向きに船が進んじゃ困るじゃないか

さはされど危険は去りぬ

　　トランクと箱と鞄《かばん》を手に持ってついに上陸に成功だ

けれどがっかり

　　見渡せば険《けわ》しい谷と岩山ばかり

仲間たちのしょんぼり顔にベルマンは大きな声で繰り返す

　　悲しい時のためにあるとっておきなる冗談を

でも一同は笑えない

　　うーうーうーうー呻《うめ》いてばかり

ベルマンは今度は酒を振る舞って

　　浜辺にみんなを座らせた

そしてすっくと立ち上がり

　　惚れ惚れするよな演説をする

「友どちよ　ローマの人よ　同胞よ　汝《なんじ》の耳を貸したまえ！」

　　引用好きな一同はやんややんやと喜んで

「船長万歳！」の声挙《あ》げる

　　その船長は飲め飲めとみんなに酒を注《つ》いで回った

「我等この海航《わた》ること既《すで》にして

　　幾月《いくつき》か　はた幾週か

（その一月《ひとつき》が四週でできているのはご存じの通りであろう）

　　されどまだかのスナークという奴の影も形も見たことがない

「我等この海航ること既にして

　　幾週か　はた幾日か

（その一週が七日《しちにち》にばらせることはご存じの通りであろう）

　　されどまだ愛の眼差《まなざ》し投げかけるべきスナークに出遭《であ》えていない

「さて諸君　よく聞いてくれ今一度
　　紛《まご》うことなき特徴がひいふうみいよお五つある
それさえ心に刻んだら
　　いつでもどこでも本物のスナークが見分けられるんだ

「順番に話そう　まずは第一にその味
　　すかすかうつろだがパリッとしてる
胴周りが窮屈《きゅうくつ》すぎる燕尾服《えんびふく》っぽくて
　　鬼火の香りがしてる

「二つ目にとんでもないほど朝寝坊
　　諸君も同感するだろう
なんといっても午後五時のお茶の時間に朝ご飯
　　晩のご飯は次の日になる

「三つ目の特徴として冗談がまったくもってわからない
　　誰かがジョークを飛ばしたら
溜息《ためいき》ついて悲しそう
　　洒落を云ったら仏頂面《ぶっちょうづら》だ

「四つ目は海水浴用更衣車を愛してること
　　いつだってそいつをがらがら引いている
海辺の景色が美しくなると思っているらしい
　　信じられないセンスじゃないか？

「五つ目は野心の強さ　以上

さて次に分類してみよう

羽が生えてて嚙《か》む奴と

髭《ひげ》が生えてて引っかく奴に

「というのも普通は無害なスナークの中にも

一つ例外があってそいつはブージャム……」

と云ったところで

バターンとパン屋が気絶しちまったんだ

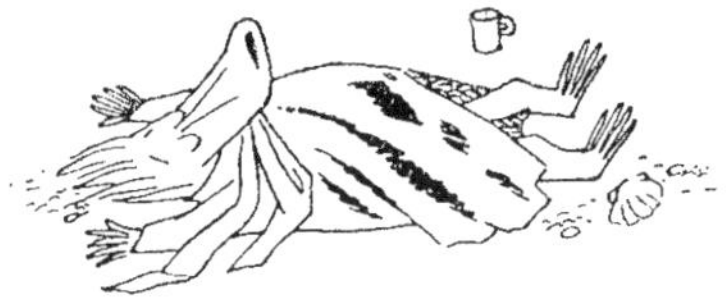

第3の歌

Tove Jansson

パン屋の物語

大変だ　気つけ薬にそれ氷
　　気つけ薬にやれマフィン　気つけ薬にほれ辛子《からし》
ジャムを舐《な》めさせ忠告を与えて
　　なぞなぞ解けと迫った

よろよろと体起こしてやっとこさ喋《しゃべ》れるようになった時
　　世にも悲しく怖ろしい身の上話をしましょう　とパン屋は云《い》った
「静粛《せいしゅく》に！　金切り声も立てるな！」
　　とベルマン叫び　ベルを鳴らした

かつてないほどの静寂
　　絶叫も金切り声も呻《うめ》き声さえも聞こえぬ沈黙のうちに
「へのへのもへじ」って呼ばれる男が痛ましい話を語りだす
　　ノアの洪水以前を思わせる重々しさと古めかしさで

「ははそはの母ちちのみの父ともに貧しけれども正直な心をもって…」
　　「その辺はとばしてくれ！」とベルマンは慌《あわ》てて云った
「日が落ちて暗くなったらスナークは見つからないぞ
　　一分といえども決して無駄にはできぬ」

「四十年分とばします」泣きながらパン屋は云った

　　「前置きは一切抜いて話しましょう

スナーク狩りの助っ人として

　　この船に乗った日のこと

「私には愛する伯父がおりまして

　　名前をもらったその伯父が別れの際に云うことには……」

「愛する伯父もとばしちまえ！」

　　とベルマン叫び　ベルを鳴らした

「その伯父はこう云いました」と温厚な男は云った

　　「『スナークがスナークならば文句ない

なんとしてでも連れ帰れ　野菜を食わせてみるがいい

　　火を点《つ》けるのに役立つからな

「『細心の注意をもって指貫《ゆびぬき》で探すのがいい

　　ぴかぴかのフォークと希望で狩りたてて

鉄道株で脅《おど》かして

　　笑みとシャボンで金縛るべし』」

(「まさにその通り」

　　すかさずベルマンが口を挟んだ

「まさにその通りと俺も聞いている

　　スナークを狩る唯一の策だ！」)

「『さりながら　優しき甥《おい》よ　心せよ
　　もしも出遭《であ》ったスナークがブージャムだったら
たちまちにおまえの姿は消え失せて
　　二度と誰にも会えないだろう！』

「この言葉この言葉こそ怖ろしい
　　私の胸を締めつける
心の鉢に一杯に充ち満ちている凝乳《ぎょうにゅう》が
　　ふるふるふるふるふるえるようだ！

「この言葉この言葉こそ怖ろしい」
　　「さっき聞いたぞ！」
ベルマンが怒鳴ったけれど
　　「もう一度もう一度だけ　この言葉この言葉こそ怖ろしい　ああ！

「毎晩の夢の中ではスナークと狂ったように戦った
　　闇の世界で
スナークに野菜食わせて
　　スナークを火を点けるのに使ってやった

「でも或《あ》る日ブージャムと遭遇《そうぐう》したら
　　たちまち私は消え失せて（そうと確信しています）
あとかたもなく……
　　そんなこと考えるだにそら怖ろしい」

第4の歌

SAIPPUAA
Tove

狩り

ベルマンはしかめっ面だ

　「何故それをもっと早くに云《い》わないか

困るじゃないか　スナークが戸口の先まで来てる今

　突然そんなこと云われても

「おまえさんが消えちまったら

　俺たちは嘆き悲しむことだろう

それはまったく嘘《うそ》じゃない

　けれどもせめて航海が始まる前に教えてくれよ

「何故それをもっと早くに云わないか

　困るじゃないか　これはもうさっき云ったが」

「航海が始まる前に云いました」

　へのへのもへじは溜息《ためいき》ついた

「人殺しとかくるくるぱーとか云われても

　否定はしない（誰だって欠点というものはある）

けれど嘘つきよばわりは

　まっぴらごめん身に覚え無し

「云った云った云いましたとも
　　ヘブライ語ドイツ語ギリシャ語オランダ語
ありとあらゆる言の葉で
　　忘れてたのはただ一つ　船長は英語しか話さない」

ベルマンはうんざり顔で
　　「気の毒な話にちがいないけれどもうわかったよ
これ以上の議論は無駄ということが
　　事情を聞いた今となっては

「演説の続きはいずれまた別の機会にしよう
　　今一度云わせてほしい
スナークは近くにいるぞ
　　諸君らの名誉に懸《か》けて見つけだすんだ

「細心の注意をもって指貫《ゆびぬき》で探すしかない
　　ぴかぴかのフォークと希望で狩りたてよ
鉄道株で脅《おびや》かせ
　　笑みとシャボンで金縛るんだ

「何故ならば敵は一筋縄でいく代物《しろもの》ならず
　　なまなかな手口じゃとても歯が立たぬ
知ってることを全てやれ　知らないことを試みよ
　　今日の機会を逸するなかれ

「英国は期待する……いや　やめとこう
　　名文句だが古臭い
さあ荷を解いて必要なものを取り出せ
　　戦いのための身支度整えるんだ」

そこで銀行家は未記入小切手に裏書をして
　　紙幣へと銀貨を替えた
パン屋は念入りに頬髯《ほおひげ》と髪を梳《す》き
　　コートの埃《ほこり》を払い落とした

靴磨きとブローカーとは
　　交代で砥石《といし》使って鋤《すき》を研ぐ
ビーバーだけが黙々とレースの編み目増やしてた
　　我関せずという顔をして

弁護士はビーバーのそのプライドに訴えようと
　　レース編みが権利の侵害になると
証明されたあまたなる事例を引き合いに出した
　　けれどまったく功を奏さず

帽子屋は蝶ネクタイの
　　新しい結び方など考えに考え抜いて
ビリヤード・マーカーはふるえる指で
　　鼻の頭にチョークを塗った

けれど肉屋はどうしたわけかめかし込む
　　革手袋と飾り襟《えり》着けて
なにやらパーティーに繰りだす気分と云ったので
　　「馬鹿を云うな」とベルマンが怒鳴る

「スナークに出遭《であ》ったならばご紹介お願いしますぜひとも」
　　と肉屋が頼む
ベルマンはさも賢げに頷《うなず》いて
　　「それはお天気次第だろうな」

ビーバーは肉屋のしゅんとした様を見ては
　　のしのしのし歩く
ぶくぶく鈍いパン屋さえ
　　片目つぶってウインクの真似《まね》

「しゃんとしろ」とベルマンは怒る
　　しくしくと肉屋が泣いたものだから
「もしも猛禽《もうきん》ジャブジャブに出くわしたなら
　　全力で立ちむかわなきゃならないんだぞ」

第5の歌

ビーバーの学習

細心の注意をもって指貫《ゆびぬき》で皆は探した
　　ぴかぴかのフォークと希望で狩りたてた
鉄道株で脅《おど》かした
　　笑みとシャボンで金縛りした

そのうちに肉屋が名案思いつき
　　単身出陣せんとして
狙《ねら》い定めし未踏《みとう》の地
　　このうえもなく淋しい谷間

だがしかしまったく同じ考えで
　　同じ谷間の地を踏むに至った者がいる　ビーバーだ
二人とも顔に浮かんだ嫌悪感を
　　仕草や言葉に出すことはなく

自らの狙いは一つ「スナーク」のみ
　　栄《は》えある今日の使命のみ
互いに見て見ぬふりをして
　　おんなじ道を進んで行った

さりながらどんどん行けば行くほどに

　　谷間は狭く　夕暮れは暗く　空気は冷たくて

いつしか二人は（好意ではなくて単なる不安から）

　　肩寄せあって先へ進んだ

甲高い叫びが大気をつんざいた

　　あれはいったいなんなんだ

危険感じてビーバーは尻尾《しっぽ》の先まで白くなり

　　肉屋も異様な気分になった

遥かなる少年の日々

　　汚れなき黄金時代の思い出が

今の叫びで甦《よみがえ》る

　　石版の上で軋《きし》みつつ鳴る鉛筆のキーキー音よ

「ジャブジャブの声だ！」と叫ぶ

　　（みんなから「阿呆《あほ》」と呼ばれていた彼が）

「ベルマンならばこう云《い》うさ」と誇らしそうに

　　「さあこれで一度云ったぞ　同じことを三度云ったら現実になる

「ジャブジャブの調べだ！　しっかり指折って数えてくれよ

　　もう一度繰り返したぞ

ジャブジャブの歌だ！　こいつで完璧だ

　　正しく三度云っていたなら」

ビーバーは左右の耳をピンと立て

　一生懸命数えたが

三度目でこんがらかって

　絶望の熱い吐息《といき》をもらす

頑張って数えたけれど

　どこでどう間違えたのかわからない

かくなるうえは脳みそを全部絞って

　合計を出すしかないと心に決めた

「二足す一　指を使ってできたらなあ　ああわからない」

　ビーバーは涙ながらに思いだす

子供の頃はこんなこと

　お茶の子さいさいだったんだけど

「やれるさ」と肉屋は云った

　「やらいでか　やれんことなどありえない

紙とインクを持ってこい

　最高級のやつを頼むよ」

ビーバーは紙と紙挟みとペンと

　たっぷりインクを持ってきた

すると奇怪なものどもが穴から出てきて

　不思議そうに二人の姿をじっと見つめた

そのことに肉屋はまったく気づかずに

　　両手にペンを握りしめ書き込みながら

ビーバーにわかるようにと

　　簡単な言葉遣《づか》いで説明をした

「三という数字を仮定せよ

　　これは説明に便なる数字

そして七足し十足して

　　さらに千引く八掛けるべし

「その数を九百九十二で割って

　　そこからさらに十七を引いて

出てくる答えこそ

　　完全無欠な正解と知れ

「この計算式についての説明を加えたいのは山々だ

　　はっきり覚えているうちに

僕に時間があって君には脳みそというものがありさえすれば

　　ただほかに云うべきことが残されている

「絶対の謎に包まれてたものを

　　僕は見抜いた一瞬で

追加料金無しにして君に詳しく教えよう

　　博物学の特別講義」

気前よく彼は語った
　　（一切のルール無視して
紹介も無しに知識を授けたら
　　組合内部で一悶着《ひともんちゃく》起こるってことさえも忘れて）

「性質について云うならジャブジャブは
　　年中さかりがついている
服のセンスは滅茶苦茶《めちゃくちゃ》で
　　千年先のファッションモデル

「でも一度会った相手は忘れない
　　賄賂《わいろ》には見向きもしない
慈善事業の催しの戸口に立って
　　募金する……自分の金は寄付しないけど

「料理して食べたら味は素晴らしい
　　マトンや牡蠣《かき》や卵より
（保存するにはアイボリーの壺《つぼ》がいいとか
　　マホガニーの樽《たる》がいいとか諸説あるけど）

「おが屑《くず》の汁で煮るとか　膠《にかわ》で塩漬けにするとか
　　条虫と蝗《いなご》とともに和えるとか
いろいろあるが絶対に忘れちゃならないポイントは
　　対称形を崩さないこと」

明日まで話していたいと思いつつ
けれどそろそろこの講義も終わらなければならなくて
「僕には君が友だちに思えるんだ」
とビーバーに告げて肉屋は涙を零《こぼ》す

ビーバーも涙にまして雄弁な
情に溢《あふ》れた眼差《まなざ》しで肉屋に告げた
七十年かけて書物を読んで得る以上のものを教わった
十分間の貴重な時に

ビーバーと肉屋が手に手を取りながら帰ってくると
ベルマンも（一瞬だけど）その胸を衝《つ》かれて云った
「波高い海で過ごしたあの日々も
これで報われたというものだ」

ビーバーと肉屋を結ぶ友情は
世にも稀《まれ》なるものである
冬でも夏でも変わりなく
まるで二人で一人のようだ

いさかいが起きたとしても——いさかいを
完全に避ける方法は誰も知らない——
ジャブジャブの歌が心に甦り
永久《とわ》の絆の解けることなし

第6の歌

Tove Jansson

弁護士の夢

細心の注意をもって指貫《ゆびぬき》で皆は探した
　　ぴかぴかのフォークと希望で狩りたてた
鉄道株で脅《おど》かした
　　笑みとシャボンで金縛りした

弁護士はビーバーによるレース編みが
　　違法なことの証明に倦《う》んで疲れて夢の中
そこでまざまざ見たものは
　　思い続けた生き物だった

ほの暗い法廷の中でスナークは目に片眼鏡
　　垂れ襟《えり》のガウンに鬘《かつら》のいでたちで
豚小屋からの脱走罪に
　　問われた豚を弁護していた

豚小屋は空っぽだった
　　証人の言葉に誤謬《ごびゅう》も不備もなく
判事は穏やかな声で
　　法的事情を語り続ける

だが起訴の内容は不明

　　スナークが語り始めて三時間経つのに

誰にもわからない

　　いったい豚が何をどうした

陪審員の意見はばらばら

　　（起訴状も読まれぬうちに思い込み）

しかもみんながいっせいに喋《しゃべ》りだすから

　　お互いの言葉はぜんぜんわからなかった

「ご存じの通り」と判事が云《い》った時

　　スナークが叫ぶ

「馬鹿げてる！　時代遅れの法律だ

　　この問題はいにしえの荘園権に関わっている

「叛逆《はんぎゃく》について云うなら

　　豚は幇助《ほうじょ》のみにて煽動《せんどう》していない

支払い不能の嫌疑なら

　　豚はお金を見たこともない

「脱走の事実については争わない

　　けれど私の見るところ

（訴訟費用に関しては）

　　明らかとなるアリバイによって免除が妥当であろう

「哀れなる被告の定めは皆さんの心にかかっているのです」

　スナークは云い席につく

それから判事に

　メモを見て事件をまとめてくれと頼んだ

ところが判事が云うことには

　事件をまとめたことがない

そこで代わりにスナークがまとめた

　とても手際よく　証言よりも遥かに長く

判決が求められると陪審員たちは拒否した

　判決という語の綴《つづ》りがわからない

だからあのそのもしかして

　それも代わってしてくれまいか

今日はもう働きすぎてくたくたと

　こぼしながらもスナークは判決下す

「有罪！」の言葉を聞いて

　陪審員の中には失神する者もいた

興奮のあまり判事があわわわわ話せなくなり

　スナークが刑の宣告も引き受けて

立ち上がる時　夜のような静寂が場を支配した

　針が落ちても聞こえただろう

「終身追放！」と声が響いた
「しかるのち四十ポンドの罰金を科す」
宣告に陪審員たちはやんやの大喝采
けれど判事は法的な有効性に疑義を呈した

人々の大喜びに水を差すように
看守が泣きながら報告をした
判決にはぜんぜん意味がありません
豚はとっくに死んでしまった

それを聞いて判事は憮然《ぶぜん》たる顔で退廷をした
スナークも面食らってはいたものの
豚の事件を任された弁護士として最後まで
怒鳴って怒鳴って怒鳴り続けた

怒鳴り声がどんどんどんどんやかましくなって
とうとう弁護士が目を覚ましたら
ベルマンの振るベルの音《ね》が
耳元で狂おしいほど鳴り響いてた

第7の歌

銀行家の運命

細心の注意をもって指貫《ゆびぬき》で皆は探した
　　ぴかぴかのフォークと希望で狩りたてた
鉄道株で脅《おど》かした
　　笑みとシャボンで金縛りした

銀行家は一同が目を瞠《みは》るほど
　　かつてない勇気を見せて
スナーク探しにまっしぐら
　　たちまち姿が見えなくなった

細心の注意をもって指貫で探してる時
　　銀行家をバンダースナッチが襲《おそ》う
鋭い爪に摑《つか》まれて絶望の叫びを挙《あ》げた
　　逃げても無駄と知っていたから

大幅な割引しよう
　　七ポンド半の小切手（持参人払い）をあげる
等々の銀行家よりの申し出も虚しく
　　バンダースナッチは首を伸ばして突つこうとする

猛り狂う顎《あご》に激しく突つかれて

　　跳《と》び　跳《は》ね

あがき　のたうって

　　ついに失神して倒れ伏す

絶望の叫びを聞いて一同が駆《か》けつけた時

　　バンダースナッチは姿をくらました

「心配していた通りだ」と痛ましそうに

　　ベルマンはその手の中のベルを鳴らした

銀行家の顔は黒ずみ

　　まったくの別人みたいに変わってた

恐怖のあまり身に着けたチョッキは白くなっている

　　なんて異様な光景だろう

仲間たちがぞっとしたのは

　　銀行家が夜会服姿で立ち上がり

必死に話しだしたこと

　　舌がれろれろ回っていない

銀行家は椅子にくずおれ両の手で髪かきむしり

　　よわよわな声で何やら唱えたが

わけのわからぬたわごとで

　　手に一対の骨を持ちカラカラカラと打ち鳴らすのみ

「置き去りにして運命に任せよう」

　　ベルマンはふるえ声で云《い》う

「既《すで》に半日経ったんだ

　　この調子では夜までにスナークの奴を捕らえられんぞ」

第8の歌

消えちゃった

細心の注意をもって指貫《ゆびぬき》で皆は探した

　　ぴかぴかのフォークと希望で狩りたてた

鉄道株で脅《おど》かした

　　笑みとシャボンで金縛りした

このままじゃスナーク狩りは失敗だ

　　そう考えて一同はおののいている

ビーバーが興奮のあまり跳《と》び跳《は》ねた

　　もはや日も暮れようとしている

「おや　名無しの奴が何やら叫んでる」

　　ベルマンは云《い》った

「聞いてみろ　狂ったように叫んでる　両手を振って首振って

　　スナークを見つけたにちがいない！」

その声に喜んで目を凝らす時

　　肉屋が叫ぶ「昔からあいつはやけに首を振るおどけ者だよ」

一同はありありと見た　パン屋こと彼らの名無しの英雄が

　　今断崖の上にいるのを

厳《おごそ》かな姿は

　　しかしその次の一瞬

激しく狂おしく谷の底へと飛び込んだ

　　耳を澄ました仲間の前で

「スナークだ！」という叫びがまず聞こえ

　　とうとう夢が叶ったと皆が思ったその刹那《せつな》

谷底からの喜びの声が響いて

　　だが次に世にも不吉な言葉が「ブー……」

あとはただ静寂　一人に云わせると

　　宙に漂う溜息《ためいき》が「……ジャム」と聞こえた

でも別の一人は首を振りながら

　　ただそよ風が吹きすぎただけ

夕闇がたちこめるまで一行は狩りを続けた

　　けれどかのパン屋がスナークと遭《あ》ったのは

この地点だとはっきりと示す証拠は

　　ボタン一つ　羽一本も見つからなくて

云いかけた言葉のさなか

　　喜びの笑いのさなか

音もなくいきなりパン屋は消えちゃった

　　そうスナークはブージャムだった

反歌

この言葉この言葉こそ怖ろしい

三度云ったら現実になる

訳者あとがき

ルイス・キャロルの言葉にトーベ・ヤンソンが絵をつけた『スナーク狩り』を訳しませんか。そう云われて、思わずとびついた。正体不明のスナークを奇想天外なメンバーで捕まえにゆくという、ノンセンスの極みのような冒険譚は読んだことがあった。でも、そんな本があるなんて知らなかった。夢の組み合わせだ。

ところが、いざテキストに向かうと、なかなか手をつけることができなかった。作品は十九世紀の韻文であり、作者は言葉遊びの天才だ。どこからどうやってアプローチしたらいいのか、見当がつかない。これは、もしや、まさか、やはり、自分には歯が立たないんじゃないか。すっかり途方に暮れて、危険なスナークを狩ろうとする者たちの気分だけはわかった。

遊びと謎に充ちた原作の韻文性を、どのように訳文に移し替えるべきか。あれこれ悩んで、日本の長歌形式を借りてみることにした。「五・七」のリズムを任意の回数繰り返して、最後を「五・七・七」で終えるスタイルである。それぞれの連をこれに当てはめてみた。但し古歌同様に字余りや字足らずの破調を含む部分もある。

「スナークの／いそうな場所だ！／
　　もう一度／繰り返したぞ／俺たちの／胸に勇気を／
スナークの／いそうな場所だ！／
　　もう一度／繰り返したぞ／同じことを／三度云ったら／現実になる」

また、日本語の慣用表現を利用して大幅な意訳を行った箇所がある。その際、意訳であることが一目でわかるようにしたかった。

名無しくんは／どんな名前で／呼ばれても／
すぐに返事を／したものだ／
「へめへめくつじ」／「ヘマムシヨ」／
「へのへのもへじ」／なら文句無し

「へめへめくつじ」「ヘマムシヨ」「へのへのもへじ」は、いずれも文字を使って人の顔を描く遊びからの引用。「名無しくん」の顔はそんな感じかな、と思ったので。ちなみに、この「名無しくん」ことパン屋は作者の分身という説がある。そこで、原文には無いが、彼の辿った運命の謎に関わる反歌を最後に付してみた。

翻訳にあたって、南條竹則さんに原作の英語表現について多大な御教示をいただきました。ありがとうございました。編集の大森敦子さんの丁寧なサポートのおかげで、なんとか最後まで辿り着けました。ありがとうございました。

穂村　弘

二〇一四年九月六日

スナーク狩《が》り

2014年10月29日　第1刷発行
2023年 9月25日　第4刷発行

作　ルイス・キャロル

絵　トーベ・ヤンソン

訳　穂村《ほむら》 弘《ひろし》

デザイン　名久井直子

発行者　樋口尚也

発行所　株式会社集英社　〒101-8050　東京都千代田区一ツ橋2-5-10
電話　編集部　03-3230-6141
読者係　03-3230-6080
販売部　03-3230-6393（書店専用）

印刷所　日本写真印刷コミュニケーションズ株式会社

製本所　加藤製本株式会社

ISBN978-4-08-781557-3　C0098